LÉON-L. BERTHAUT

POÈMES

NATIONAUX

LE HAVRE
LIBRAIRIE RENÉ GODEFROY
62, RUE THIERS, 62
—
PARIS
LIBRAIRIE J. STRAUSS, 5, RUE DU CROISSANT
—
1890

POÈMES

NATIONAUX

Léon-L. Berthaut.

DU MÊME AUTEUR

PARU :

VEILLÉES D'ARMES (Médaille d'honneur de la *Société Nationale d'Encouragement au bien)*, **3 fr.** 50, sera envoyé à tout souscripteur ou acheteur des **Poèmes Nationaux** contre un mandat-poste de **2 fr.** 50 à l'adresse de M. René Godfroy, Libraire, au Havre.

POUR PARAITRE PROCHAINEMENT :

LE PAIN DU GÉNIE, roman.

EN PRÉPARATION :

GRAMMAIRE ANGLAISE pour la préparation directe et spéciale aux Baccalauréats.

LES BÉNÉDICTIONS, poèmes.

Mon parti ? notre France :
Sa gloire est mon seul vœu.
Ma force ? l'Espérance.
Mon espérance ? Dieu.

POÈMES NATIONAUX

Léon-L. BERTHAUT

« . . . . . La lyre aux tombeaux n'a jamais insulté :
« La mort, de tout temps, fut l'asile de la gloire.
« Rien ne doit jusqu'ici poursuivre une mémoire,
      « Rien... excepté la vérité ! »

LAMARTINE. — Bonaparte.

. . . .
. . . .
« Et vous, fléaux de Dieu, qui sait si le génie
      « N'est pas une de vos vertus ? »

LAMARTINE. — Bonaparte.

. . . .
« . . . . Au champ du combat, nous pouvons reparaître.
« On nous a mutilés ; mais le temps a peut-être
      « Fait croître l'ongle du lion. »

V. HUGO. — A la Colonne.

. . . .
. . . .
. . . .
« Aimez-vous les uns les autres. »

DIEU.

AUX AÏEUX

NOTES EN MANIÈRE DE PRÉFACE

Ce que l'auteur de ce recueil a voulu faire, ce n'est pas l'apologie de tels hommes ou de tels autres, de telle ou telle forme de gouvernement, d'une chimère ou d'un préjugé, de l'avenir ou du passé : il se croit trop jeune encore pour avoir une opinion politique et veut l'être toujours assez pour ne devenir jamais un « partisan » :

Dès son enfance, il s'est connu deux mères : sa mère par les liens du sang et cette mère commune aux citoyens d'une même nation : la Patrie. Autant il croit à l'âme impérissable de la première, autant il croit à l'âme de la Patrie. C'est elle qu'il a voulu saluer dans les triomphes et dans les défaites, dans les erreurs comme dans les non-pareils élans d'un grand peuple vers la Justice et la Vérité.

Il s'est rappelé, dans son humble sphère, que la conviction, seule, fait les martyrs et les héros. Il s'est rappelé que, dans l'ordre des événements, le bien et le mal concourent, également parfois, au résultat final.

Notons les faits, les actes : Dieu les juge.

On pourrait demander compte au poète du genre qu'il a choisi: la corde patriotique a tant de fois été mise en vibration depuis vingt ans ! A cette judicieuse observation, il ne craindra pas de répondre : il y a des bonheurs tellement doux et sereins qu'il est bon de les chanter dans la solitude du cœur, comme le rossignol dit ses hymnes dans la solennelle quiétude des nuits estivales ; des douleurs si profondes, si vastes, tellement insondables qu'elles donnent le vertige et rendent muet. Il faut que le temps élabore son œuvre.

L'auteur ajoute que la poésie lui semble devoir remplir un but utile : c'est l'avantage de Gounod, qui fait songer en charmant et dont la musique est profondément évocatrice, sur Rossini qui donne surtout la jouissance passagère, et, peu, le rêve postérieur à l'audition. En bref, on pourrait écrire : le poète ne doit compte à personne. Hugo l'a dit . . . et pouvait le dire !

Mais nous, pauvres mortels, nous sommes justiciables du public ; et ce public l'affirme énergiquement ; il nous demande de la forme, une forme raffinée, des rimes funambulesques ! Or, quand le poète est, dans la réalité de la vie, un humble qui ne peut consacrer à la muse que de rares instanst de loisir, à peine suffisants pour noter la trace de l'inspiration, il lui est bien difficile de mettre au monde un de ces enfants bijoux, un de ces livres bibelots dont accouchent de précieuses cervelles, après une interminable gestation.

Est-ce un bien ? est-ce un mal ? Selon nous, c'est un bien. Des produits aussi artificiels ne peuvent avoir la tête bien solide sur les épaules ; les coups de marteau et de burin ont dû nuire au cerveau, à l'idée. Toutes ces belles choses, limées, relimées, polies, peintes, dorées et vernies ont l'extérieur agréable ; mais comme souvent cela sonne le creux et le faux !

Que dire, si l'on pense aux littératures d'où la rime est absente ? — Shakspeare a prouvé que la poésie est surtout dans l'idée ; voilà ce qu'on ne réfutera pas.

En fait d' « écoles », aucune n'a sa raison d'être.

Pour nous, si nous obtenons de faire aimer notre Patrie un instant de plus, nous nous croirons suffisamment récompensé de nos efforts.

L. B.

Rennes, Octobre 1889.

A vous, soldats de la vieille terre des Gaules, à vous, tous, je dédie ce livre.

Je ne prétends pas vous offrir une œuvre digne de vous : je veux seulement vous faire hommage de la gloire de vos Aïeux, qui est vôtre.

Quoi que l'on dise, quoi qu'on écrive, on ne fera croire à personne que vous êtes indignes de la garde du drapeau, c'est-à-dire de notre honneur. Il nous suffit, à nous, de regarder le Passé pour aimer l'Avenir : vous êtes la race élue d'où naissent, aux jours marqués, les Vercingétorix, les Jeanne Darc et les Villars ! Quelle armée en pourrait dire autant ? Et que, si les autres vous parlent de génie ; si Carthage, si la Grèce et Rome antiques évoquent Annibal, Alexandre et César, montrez le rocher de Sainte-Hélène, et qu'on mesure l'ombre de Bonaparte !

Aussi bien, je suis à l'aise parmi vous ! Point de politique dans vos rangs : le drapeau ! Point de politique dans mon livre : la Patrie !

La Patrie et le Drapeau, cela ne fait qu'un !

L. B.

AU GÉNÉRAL YUNG

Gouverneur militaire de Dunkerque

Mon Général,

Lorsque des amis désintéressés me conseillèrent d'éditer ce livre, je fus arrêté par le mot d'un sceptique : « En France, on se lasse de tout, même du patriotisme ».

Dans le même temps, je reçus de vous ce laconique avis : « Publiez! » Pour moi, naïf au point de croire à tout, à la famille, à la Patrie, à Dieu, votre invitation était éloquente : fût-ce pour ceux-là seulement qui, comme vous, ont voué toutes les puissances de leur être à la Patrie, je devais publier.

Qu'importe, en effet, le succès matériel d'un ouvrage, s'il s'agit de défendre cette Patrie qu'une école nouvelle, et pour le moins étrange, appelle une abstraction pure ? Admirable, sublime abstraction que celle dont le nom seul fait palpiter nos cœurs !

Et voilà pourquoi, après mes humbles « *Veillées d'Armes* » j'offre à mon pays un hommage moins indigne.

C'est aussi pourquoi je mets ce livre sous la protection d'un de ceux qui conservent à la France, dans la paix laborieuse succédant aux tribulations de la défaite, la fierté des plus éclatantes victoires !

Léon-L. BERTHAUT.

VISION

A Leconte de Lisle.

La falaise tremblait aux éclats de la foudre ;
Les coups de fouet des vents chassaient les flots en poudre ;
Un grondement venait de l'abîme en courroux ;
L'éclair mettait en feu la vague, horrible moire ;
Et, courant avec lui par l'immensité noire,
La lune vacillait dans un nuage roux.

Et, moite de stupeur, je me dressais dans l'ombre :
Je regardais bondir les flots, les flots sans nombre,
Et j'entendais craquer sous l'invisible effort,
Le firmament en proie à la Cause suprême,
Tandis que dans mon cœur, désordonné lui-même,
Je m'anéantissais devant le Dieu Très Fort.

C'était l'épouvantable atteignant au mystère :
Je tombai lourdement à genoux sur la terre,
Puis, ma tête, à son tour, sur mon corps chancela...
Je m'étendis, la bouche ouverte au vent des grèves,
L'âme partie au loin vers les fugaces rêves,
Les yeux fermés au monde, ouverts sur l'Au-delà :

*
* *

« La mer de tous côtés envahissait la France ;
« L'air était plein des cris d'une ardente souffrance ;
« Du Nord et du Midi, du Levant, du Couchant,
« Les foules accouraient vers l'unique montagne
« Où j'étais, et la mer inondait la campagne,
« Beuglant son grand triomphe en un monstrueux chant.

« Elle avançait toujours, noyant les terres mornes.
« Devant ce flot en marche à l'horizon sans bornes,
« Je contemplais, troupeau que le désespoir mord,
« Les peuples s'écrasant en affreuses cohues ;
« Derrière eux, sur les eaux, le front touchant aux nues,
« Venait, ouvrant les bras, l'inévitable Mort.

« Mais voilà que, soudain, le colossal Fantôme
« Se dispersa, poussière, atôme par atôme,
« Et qu'aux gouffres anciens retournèrent les eaux.
« Je cherchai vainement la suppliante foule ;
« Je n'entendis plus rien que le bruit de la houle....
« Les blés se relevaient, plus robustes, plus beaux..

.   .   .   .

Je m'étais redressé : la colère brutale
Des souffles s'était tue, et, sur la mer étale,
Les étoiles miraient leurs scintillements d'or ;
Sur les confins du ciel, ardente, échevelée,
La tempête fuyait la côte désolée,
Le flot, calme, dormait comme un doux enfant dort.

A mes pieds, tout en bas, sur des rocs granitiques,
Un brouillard dessinait des formes fantastiques..
Comme je contemplais ces ombres, je crus voir
Des druides en blanc, des guerriers tout en armes
Et des bardes en deuil et des femmes en larmes ;
Et, vers moi, lentement, tous semblaient se mouvoir.

Puis, tout s'évanouit. Sous la lumière astrale,
Je vis paraitre un roi dans une cathédrale :
Des chevaliers tendaient vers lui leurs mains de fer,
Mais leurs cris acclamaient une vierge en cuirasse :
« Vive Dieu ! vive Jeanne ! ils ont sauvé la Race ;
« Ils ont chassé du pied les soldats de l'enfer ! »

Un lourd écroulement suivit ce grand spectacle....
Cependant, Roi, soldats et prêtres, par miracle,
Restaient debout sur les ruines du saint lieu ;
Un haut bûcher flambait, et là, supplice infâme,
L'héroïne, priant de toute sa grande âme,
Brûlait, fille du Ciel, sous les regards de Dieu !

Lors, j'ai vu, brandissant un drapeau tricolore,
Au dessus du bûcher flambant comme une aurore,
La vierge s'envoler à l'appel des clairons,
Et, marchant avec elle au secours des frontières,
Des conscrits affronter des nations entières,
Et le sol s'éclaircir devant ces bûcherons...

J'ai vu.. mais, qu'ai-je vu ?... Vingt siècles m'apparurent :
Je vis tous tes enfants, ô France, qui moururent
Pour créer la Patrie ou défendre son nom ;
Tous, du fils de Celtill à Jeanne la Pucelle,
Des légions d'Alise à la plus noble, à celle,
Qui, forcée à se rendre, est morte en criant : « Non ! »

O le labeur fécond de ces deux mille années !
De siècle en siècle, au livre ouvert des destinées,
J'ai lu, plein d'allégresse ou frémissant pour Toi,
France, et sur les feuillets de ta future Histoire
Je ne devinai pas un récit de victoire...
Aussi, vers le Passé j'ai crié mon effroi

*
* *

« Ombres de mes Aïeux, qui hantez ma paupière.
« Pourquoi venir troubler ma muette prière ?
        « Pourquoi vous réveiller, Martyrs ?
« N'êtes-vous pas, là-haut comme ici dans la gloire ?
« Êtes-vous écrasés du poids de la victoire ?
        « Vos cœurs ont-ils des repentirs ?

« Eubages qui prêchiez la fière indépendance ;
« Bardes dont la voix forte accclamait en cadence
        « Les bonds d'un lion chevelu ;
« Ancêtres, doux héros des mâles chevauchées,
« O Pères, grands songeurs, autour de vos huchées,
        « Dans l'avenir qu'avez-vous lu ?

« Jeanne, Jeanne, dis-moi : ce que Dieu bon accorde,
« Dieu juste le prend-il ? Parle... miséricorde !
        « O Jeanne, implore Dieu pour nous !
« Avons-nous insulté sa clémente justice ?
« Ce qu'il a fait, faut-il que Dieu l'anéantisse
        « Quand nous sommes à ses genoux ?

« O vous tous, Du Guesclin, Bayard, Nemours, Turenne,
« Gladiateurs tombés souriants dans l'arène,
        « L'éclair du triomphe en vos yeux ;
« Vous, soldats invaincus des dernières défaites,
« Vous qui, pour bien mourir, mettiez l'habit des fêtes,
        « Vétérans dignes des aïeux !

« Dites-moi, vous tous, Morts dont la suprême vue
« Pénètre l'avenir en sa vague étendue,
        « L'aube luira-t-elle demain ?
« Ou bien l'horrible nuit qui sur la France tombe,
« Serait-elle la nuit de l'éternelle tombe
        « Que Dieu fermerait de sa main ?

*
* *

A peine avais-je ainsi d'une implorante lèvre
Clamé vers l'Infini l'angoisse de ma fièvre,
Qu'à mes yeux, élargis par l'effroi grandissant,
Je vis réapparaître en leur ample suaire,
Blanc comme le surplis des fils du sanctuaire,
Tous ceux que j'évoquais.... leurs yeux pleuraient du sang.

Le premier fut Celui que Julius le traître
Fit tuer, ayant peur d'avoir trouvé le Maître,
Le Vercingétorix, noble éternellement,
Sous le mince linceul, on devinait ses armes ;
Il m'a dit, essuyant ses effroyables larmes :
« Rassure-toi, mon Fils ; le Dieu Fort est clément. »

« Comme ces flots ardents qui, sous tes yeux avides,
« Couvraient tout le pays de leurs baves livides,
« Mais qui dans l'Océan rentrèrent apaisés,
« L'invasion naguère a heurté la Patrie,
« Par cet embrassement du malheur, inflétrie,
« Elle a conçu l'espoir dans ses flancs méprisés.

« Les cœurs ont reverdi, plus puissants, plus farouches ;
« La vengeance a germé dans les nouvelles couches
« Et ce pain noir fera de robustes soldats.
« Les Martyrs d'autrefois, insultés dans leur cendre,
« Ont sommé le Dieu bon de juger, de descendre —
« Comme il règne là-haut, de régner ici-bas :

« Or, Dieu qui fit la Mort fit la Vie éternelle ;
« Il a mis dans mes yeux le feu de sa prunelle ;
« Il a mis en mes mains la force de ses mains.
« Voici que vient le temps où luira la justice,
" Où l'impudent triomphe et la gloire factice
« Gémiront, à leur tour, au bord des grands chemins. »

Tandis qu'il parlait, droit sur les roches funèbres,
Les Héros se formaient en rangs dans les ténèbres ;
Et, de ces rangs profonds, couvrant la vaste mer,
S'élevait, grave et doux, l'ineffable murmure
D'une brise de mai jouant dans la ramure :
Cris d'àmes échappant au désespoir amer....

Jeanne vint se placer près du Martyr des Gaules.
On devinait aussi du fer sur ses épaules ;
Sa droite avait le glaive et sa gauche, la croix.
Quand le fils de Celtill m'eut promis l'espérance,
Elle montra le ciel où brillait, ce mot : France :
« Vois, mon frère, dit-elle ; aime toujours et crois. »

Les suaires alors tombèrent aux abîmes,
Comme les aigles vont, superbes, vers les cîmes,
Tous ces grands Morts, aux Cieux, montèrent, triomphants,
Dans le divin éclat d'une soudaine aurore ;
Et, quand je m'éveillai, leurs voix disaient encore :
« Les àmes des Aïeux planent sur leurs enfants ! »

LE BARDE

A tous ceux de France.

Du pays Atrébate au pays d'Aquitaine,
De la ville Ker-Lan jusques aux Kabyllons,
Atraw, l'Elu sacré, le barde-capitaine,

Des louanges d'Esus remplit bois et vallons ;
Il passe, proclamant de sa lèvre hautaine,
Le pur enseignement du Dieu des aquilons.

La sanglante couleur dont, avant la bataille,
Il se teignait jadis n'orne plus ses cheveux
Ni sa barbe qui tombe au-dessous de sa taille.

Mais toujours il paraît, sur ses jarrets nerveux,
De ceux-là dont les coups font profonde l'entaille ;
C'est encore vers lui que s'en iront les vœux.

S'il faut avoir un maître au jour de la défense :
Il peut franchir d'un saut les plus larges ravins
Ainsi qu'aux jours lointains de son illustre enfance.

On voit autour de lui s'empresser les devins
Quand il chante ; il est pâle et de noble prestance,
Tel qu'un habitué des colloques divins.

Et, dans chaque tribu, voici comme à sa Race
Parle Atraw que Gu-Darn recommandait aux siens :

« Quand vous aurez senti la griffe du Rapace,

« Qu'un jeune, élu par vous, commande à nos Anciens ;
« Que le soc dans les blés à ras de terre passe ;
« Que la liberté soit le plus cher de vos biens.

« Que votre haine, amis, veille en votre paupière,
« Égalez vos espoirs jusqu'à votre valeur ;
« Et, si le fer est mou, frappez avec la pierre. »

En discourant, l'Élu sent encor la chaleur
De son vieux sang monter à sa face guerrière :
Ayant dit, il reprend sa route et sa douleur,

Il va porter plus loin, parmi les chants de fête,
La foi sublime et saine en l'avenir lointain,
Sachant bien que, le soir de la pire défaite,

Un peuple est vraiment fort qui croit à son destin.

AMBIORIX

Hommage à Gustave Levasseur.

Il court parmi les bois et les marais,
Rouge, écumant sur sa blanche cavale...
C'est un lion qu'ont excité les traits.

Quatre Vengeurs, d'uue audace rivale,
Vont, franchissant montagnes et forêts,
Derrière lui, dans la nuit estivale,

Frapper à mort les vainqueurs assassins ;
Du sang maudit, leurs mains sont toutes pleines,
Leurs coursiers ont les larges poitrails ceints

De lourds colliers faits de têtes romaines.
Des légions, ils trompent les desseins,
Se dérobant au nombre dans les plaines,

Puis, ainsi qu'un troupeau de sangliers,
Renversant tout sur leur brutal passage,
De leurs bras forts qu'aucun bras n'a pliés.

Quand a passé cet éclair, cet orage,
Ce tourbillon parmi les peupliers,
L'écho répète une clameur de rage :

« Ambiorix ! à cheval, vengeons nous ! »
La légion s'arme contre un seul homme ;
Mais, loin déjà, le vieillard en courroux

Frappe à deux mains les pourvoyeurs de Rome,
Spectre invincible, il les jette à genoux ;
La vile plèbe avec terreur le nomme...

Et cependant, le Brenn est un proscrit ;
C'est le dernier de cette multitude
Que le baiser du proconsul trahit.

Vaincre, autrefois était son habitude ;
Un long triomphe à sa face est inscrit,
Défi suprême à la vicissitude.

Las ! il n'a plus que l'abri des rochers ;
Il n'a plus rien qu'un cheval et son glaive...
Et ses espoirs, en son âme cachés !

Or, il ira, s'acharnera sans trêve
A ces brigands qu'un bandit a lâchés.
Derrière lui, la Gaule se soulève.

En attendant la force et l'union,
Ambiorix et ses quatre Fidèles
Pénétreront dans chaque légion.

Longtemps, leur course, avec un grand bruit d'ailes,
Sifflera dans l'épaisse invasion
Tremblante sous leurs atteintes mortelles.

S'étant rués sur la Fatalité,
Ils donneront leurs corps, leur sang, leur âme,
Sans avoir pu triompher de l'Infâme...

Mais ils tomberont fiers, en liberté !

RES GALLIÆ

I.

LE CHANT DE LA COUPE

A Camille Doucet.

La lumière entre à flots dans la salle du Lech…
La fille attend l'époux dans les bras de son père ;
Au dehors, le conseil des anciens délibère ;
Les guerriers, attentifs, entourent le cromlech :

   « Le voici, Morvan, le brave,
   « Celui qui brisa l'entrave
      « De nos mains !
   « Pour le conduire où nous sommes,
   « Couvrez tous, vous, jeunes hommes,
      « Les chemins ! »

Ils partent. Dans la salle, une table est dressée :
Dans un vase d'airain brûle un parfum des bois ;
Les dogues réjouis font de bruyants abois ;
La céleste liqueur, la cervoise est versée :

> « Viens, frère ; oh, viens, Morvan !
> « Plus rapide que le vent,
>   « Viens, ô brave !
> « Emporte par les chemins
> « La frêle enfant des dolmens,
>   « Ton esclave ! »

Il apparaît au seuil, Morvan, le beau vainqueur,
La plume d'aigle au casque et le fer à la hanche ;
Il cherche la colombe... et dans sa robe blanche,
Vierge timide, Eûsel sent défaillir son cœur :

> « Salut, chef ! En ta demeure,
> « Veux-tu m'abriter une heure ?
>   « Le veux-tu ?
> « C'est Morvan que l'on me nomme ;
> « J'ai bravé le fils de Rome :
>   « Il s'est tu. »

« Sieds-toi, » lui dit le père. Et toute la famille,
Les nobles vieillards blancs ont pris place au festin.
Puis, d'un grand geste, il a jusqu'à son front hautain
Porté la coupe d'or où le vin d'amour brille :

> « Hors vaincre, aimer, tout est vain !
> « Va donc couler, ô bon vin,
>   « Sur leurs lèvres !
> « Fais les hommes triomphants ;
> « Donne aux femmes des enfants,
>   « Vin des fièvres ! »

Or, dans la coupe, Eûsel aspire longuement
Le breuvage enchanté qui brûle ses entrailles ;
Et, tandis que l'époux sonne l'air des batailles,
L'épouse, elle aussi, chante, et chante son amant :

« N'est-ce pas qu'il est beau, frères,
« Ce Morvan dont les colères,
   « Les ardeurs,
« Font trembler dans les mêlées,
« Sous les voûtes étoilées,
   « Les Rôdeurs ?

« Ecoutez sa voix puissante :
« Quelle voix au pays chante
   « Mieux que lui ?
« Quand, pour un effort suprême,
« Il crie : « En avant quand même ! »
   « La Mort fuit !

« Quel œil a plus de lumière ?
« Quelle épée est coutumière
   « Des hauts faits
« Qu'a produits sa large épée ?
« Que sa gloire soit chantée
   « A jamais !

« O Morvan, Morvan, mon maître,
« Je veux, je veux me soumettre
   « A ta loi !
« Morvan, prends ta fiancée !
« Vers toi monte ma pensée :
   « Chef, prends-moi ! »

II.

LE VOCERO

La torche brûle au fond de la salle du Lech :
Morvan, rigide et froid, sur un coffre repose...
C'est la mort ! Et les chefs sont assis, bouche close ;
Les prêtres ont ouvert une tombe au cromlech...

Oh ! qu'elle est triste et sombre, aujourd'hui la grand'salle !
Que plus tristes encor sont les yeux et les cœurs !
Comme ils baissent le front, ces orgueilleux vainqueurs,
Pareils aux chênes forts courbés sous la rafale !

Cependant, vers le mort, l'épouse étend la main :
Eûsel parle ! Eûsel chante ! Alors tous les visages
Se sont relevés, fiers. Ces hommes sont des sages
Que n'épouvante pas l'éternel lendemain ;

« Il est tombé, Morvan, dans la rouge bataille !
« Quand retrouverons-nous des héros à sa taille ?
   « Quand retrouverons-nous
« Une tête aussi noble, une âme aussi farouche ?
« Morvan, réveille-toi : je presse de ma bouche
   « Tes robustes genoux !

  « Morvan est mort ! J'ai vu dans la mêlée
  « Autour de lui la foule amoncelée
    « Frapper en vain !
  « Son bras terrible atteignait cette plèbe :
  « Et tous tombaient pour engraisser la glèbe
    « De sang romain !

« Il est mort ! Genabe la sainte
« Sera triste dans son enceinte !
    « Morvan est mort :
« Pleurez, enfants de la Patrie !
« Délivre mon âme meurtrie
    « Et prends-moi, Mort !

« Celui qui domptait la cavale,
« Dont l'âme était forte et loyale,
    « Morvan est mort !
« Sa lèvre à peine s'est posée
« Au front pur de son épousée :
    « Oh ! prends-moi, Mort !

        « Druide grave
      « Chante le Brave :
        « Il est mort,
          « Mon roi !
      « Mort, le Brave ?
        « Oh, Mort,
          « Prends-moi ! »

AU VERCINGÉTORIX

———

A Eugène Longuet.

Tes frères, ces vaillants, avaient jeté les armes,
    Blasphémé les aïeux ;
Pas un Croyant n'osait, dans tout le peuple en larmes,
    Au ciel lever les yeux !

« Teute est sourd, disaient-ils ; à quoi bon, la prière ?
    « A quoi bon, les combats ?
« L'Ancêtre n'entend plus, là-haut, dans la lumière,
    « Ceux qui souffrent en bas. »

Le druide criait, en son langage austère :
    « Femmes, n'enfantez plus ;
« Hommes, ne jetez pas de semence à la terre
    « Qui nourrit des vaincus ! »

Alors, comme affaissés en leur désespérance,
  Femmes, soldats, vieillards,
Tremblaient de dévouer à la dernière chance
  Les derniers étendards ;

Comme, sanglant encor, César allait paraître,
  Fort de récents exploits,
Tu ranimas les cœurs ; tu leur parlas en maître
  Digne des fiers Gaulois.

A l'âge où le Consul n'était qu'un roi d'orgie,
  Pâle, aux membres tremblants,
Tu levas, d'une main, l'arme lourde et rougie
  Des chefs aux cheveux blancs.

Dans la lutte accablé, pour la rendre féconde,
  Tu mourus en martyr ;
Tu vis, à ton aspect, César, tyran du Monde,
  Se troubler et pâlir.

Gloire à Toi, dans ton âme et dans ta chair meurtrie,
  Auprès du Dieu Vivant !
Car de ton noble exemple et de ta cendre au vent
  A germé la Patrie.

VIEUX CHÊNES

—

A Alph. Karr.

Parmi la race forte et nombreuse des arbres,
Chênes majestueux, vous êtes souverains ;
Vous puisez votre sève au sein qui fait les marbres,
Et son robuste sang est le sang de vos reins.

Vous avez la vieillesse et vous avez la force ;
Vous êtes les plus beaux et vous êtes géants.
Quand vous tombez, vieillis, sans feuilles, sans écorce,
Votre écroulement fait des abimes béants.

A l'endroit où vos troncs s'élevaient dans l'espace,
Où des siècles défunts la vanité s'asssit,
L'atôme humain s'arrête en songeant, quand il passe ;
Il dit avec respect : « Un chêne fut ici ».

Du ventre de la Terre, inépuisable aïeule,
Vous êtes avant nous nés à cet Univers ;
Mais l'Homme s'étiole en sa chair lâche et veule,
Et vous êtes toujours aussi beaux, aussi verts.

Vieux chênes de la Gaule, en vos amples ramures,
Vous avez abrité les druides savants ;
Vous avez vu passer, tout recouverts d'armures,
Les Romains, alliés de la grêle et des vents.

Etant frères aînés de nos rudes Ancêtres,
Vous avez dù subir la rage du Vainqueur :
Vous futes décimés par la hache des Maîtres ;
Leur fer à mis à nu vos fibres, jusqu'au cœur !

Vous avez vu passer la bande carnassière ;
Vos chùtes ont meurtri la face des grands bois...
Et maintenant, vaincu, César est en poussière,
Et la terre est à vous et la Gaule aux Gaulois !

TRIBANAUS DE GUERRE

Viens, ô ma fougueuse cavale ;
Tombons sur Rome déloyale
Comme l'avalanche estivale !

Frappe le sol d'un pied nerveux,
Le sol ou dorment les aïeux ;
Partons, vainquons pour eux !

Viens, ma vierge au beau col d'hermine :
Devant ta fumante poitrine,
Va fuir la romaine vermine !

O viens ! ma maîtresse, je veux
Pendre des crânes orgueilleux
Aux tresses de tes longs cheveux !

Je veux revoir, dans la mêlée,
Tachant ta croupe immaculée,
Ta sueur à leur sang mêlée !

Je veux, s'il faut pleurer encor,
Près de toi me donner la mort,
Expirer, face au soleil d'or !

Entends la voix qui nous appelle :
C'est la Lionne qu'on harcèle ;
C'est notre Gaule qui chancelle !

Frappe le sol d'un pied nerveux,
Le sol où dorment les Aïeux ;
Allons vaincre ou mourir comme eux !

LES FRANKS

A Martial Besson.

L'illustre Childéric, ami de Racimer,
Proconsul général de Rome, la voisine —
Childéric, roi des Franks, du Rhin jusqu'à la mer,
A donné sa couronne à l'aimable Basine.

Les divertissements des noces ont passé :
Sous le long péristyle aux arcades de chêne
Où les gens du Barbare ont tout le soir dansé,
Les torches vont mourir ; la tristesse est prochaine....
Chez Basine, un rayon de lune s'est glissé.

Les grands murs de la salle ont un aspect livide ;
La reine voit courir des ombres au dehors :
Savoir ? elle en a peur — femme, elle en est avide.
Elle dit à l'Epoux, presque nu : « Va, Roi, sors !
« Va, cher Maître et Seigneur ; que l'Eternel te guide...
« Viens m'apprendre bientôt la volonté des Morts.

Revenu, Childéric lui dit : « Femme, ces ombres
« Ne sont pas des troupeaux errants de trépassés ;
« Ce sont des léopards ; ils vont, ardents et sombres :
« Ma peau de guerrier tremble et mes bras sont glacés. »

Alors qu'il achevait, Basine sur sa couche
Etait debout, hagarde, un des bras étendu
Vers un être invisible et l'écume à la bouche :
« Childéric, Childéric ! n'as-tu pas entendu
« Cette voix qui me nomme, éclatante et farouche ? »

Childéric descendit, une framée en main :
Des loups maigres et hauts s'égorgeaient, par centaines,
Et leur mêlée affreuse encombrait le chemin.
Le Prince remonta ; sous leurs voûtes hautaines
Roulaient, plus inquiets, les yeux du roi germain.

Une autre fois enfin, sur la tierce prière
De Basine, il courut sur la route et, surpris,
Y vit des petits chiens fuyant, jetant des cris,
Et nul dogue ennemi ne survenait derrière.

Lors, ayant raconté tout ce qu'il avait vu,
La Souveraine dit : « Le léopard, mon Maitre,
« Représente le fils qui de toi devra naitre ;
« De ton pouvoir entier l'enfant sera pourvu.

« Les loups, ce sont les fils de nos fils. En leurs âmes,
« Rien ne restera plus de Toi, roi Childéric ;
« Leur bouche donnera le baiser de l'aspie ;
« Leurs mains d'hommes auront la faiblesse des femmes.

« Tous ces chiens affamés que leur ombre poursuit,
« Ceux-là sont les derniers qui viendront de ta cendre :
« Ils seront nés si bas qu'ils ne pourront descendre...
« La race des rois Franks rentrera dans la nuit.

LES AFFRES D'UN ROI

A Sully-Prudhomme.

Blême, les yeux hagards, la sueur à la face,
Clotaire l'assassin gémit lugubrement ;
Il frappe la muraille et sa main maigre efface
L'ombre qui devant lui revient obstinément.

Le prince, furieux et grelottant, halète,
Ses grands ongles de fauve enfoncés dans le mur,
Ainsi qu'en expirant dans son antre, la bête,
Pour l'éternel sommeil, creuse son lit futur.

Les quatre successeurs de ce royal cadavre
Sont là. Pas un ne bouge ; ils ont des cœurs de roc ;
Mais ce monstre est leur père : un saint remords les navre ;
Leur ambition gît, un moment, sous le choc.

Clotaire les implore en sa folle épouvante :
Les ayant vu cloués au sol par la terreur,
Hanté des châtiments que l'agonie invente,
Il croit les voir sourire et frissonne d'horreur.

Il hurle : Brûlez-les ! brûlez ces fils rebelles !
« Je suis Roi ; je suis maitre : obéissez ! brûlez !
« Aux cendres nous ferons funérailles si belles
« Que les peuples croiront nos yeux inconsolés. »

A cet ordre, jeté par saccades rapides,
Gontran, le moins haï, s'avance vers le Roi :
Clotaire se retourne ; il tend ses bras stupides,
Mais le fils se dérobe en un geste d'effroi.

Délaissant le vieillard qui leur donna la vie,
Et dont le cri suprême est encore puissant,
Tremblants sous le pouvoir que chacun d'eux envie,
Les rois sortent, maudit par cet homme de sang.

Alors, abandonné de tous, le vieux Clotaire,
Dont le bras impuni demeure audacieux,
Vaincu dans son orgueil de prince de la terre,
Râle, en montrant les poings à l'Inconnu des Cieux.

HUNALD A PAVIE

———

A Henri Bossanne.

Charlemagne est vainqueur ; Pavie a résisté :
Cependant la famine, affolante, implacable,
Approche. Plus de joie en la vaste cité !
Plus d'héroïque rire ! une voix lamentable,
La voix des mères, hurle et demande pitié ;
Car les seins ont tari comme l'eau des fontaines :
Les hommes ont fléchi dans leur inimitié ;
Les enfants, seuls, auront vaincu les capitaines !
Vers le Gaulois Hunald, les vieux Lombards, en corps
Ont crié : « Rendons-nous, Seigneur au grand roi Karle !
« C'est le sang des petits, un sang pur qui vous parle ! »
— Et le Gaulois Hunald leur a dit : « Pas encor ! »

La trompette a sonné comme aux beaux jours de fête ;
Les mourants, acculés sous leur tombe, ont brandi
Leur linceul glorieux et nargué la défaite ;
Jusques au cœur d'Hunald tout le peuple a grandi.
Or, accablés déjà sous le défi superbe,
Mille de ces héros sont morts en un seul jour,
Et le soleil de Juin ne fait plus pousser l'herbe !
Alors pourquoi vouer aux festins du vautour
La chair qui vit encor, si l'Espérance est morte ?
— On alla chez Hunald : « Rendons-nous ! » cria-t-on
Et le vieux chef Gaulois, de sa voix grave et forte,
En montrant les remparts déserts, leur cria : « Non ».

Les messagers ayant rapporté sa parole,
La colère du peuple éclate ! Sans émoi,
Hunald voit déferler, à ses pieds la mer folle.
A l'injure, il répond : « Vous souffrez ? mangez-moi !
« Quant à baisser le front sous l'œil de Charlemagne,
« Voir sous le pied d'un Frank geindre mon cœur, jamais ! »
Une pierre l'atteint, une autre l'accompagne...
« Tu vas mourir, Gaulois, si tu ne te soumets ! »
Il rit ; son sang le vêt d'une pourpre royale ;
Sa poitrine résonne ainsi que le clairon...
Il aspire avec force et sa voix triomphale,
Jusques au dernier coup, toujours a crié : « Non ! »

Sur le corps expirant d'Hunald, le Karle Auguste
Va recevoir du roi les clefs de la cité.
Il avance à cheval et vient s'arrêter juste
Au lieu sinistre où gît l'invincible fierté.
Les cris de gloire aux cris de la frayeur s'unissent ;
Le roi Didier s'affaisse aux genoux du vainqueur ;
Le cor bruyant acclame et les coursiers hennissent ;
Karle a l'éclair aux yeux et l'allégresse au cœur,

Car les Lombards ont dit : « Salut au roi des Gaules !
« Salut au grand monarque, empereur d'Occident ! »
Mais Hunald, lentement, relève ses épaules ;
Et, dessus la fanfare et sur le bruit strident
Des trompettes d'airain, le heurt de la cymbale,
Cette menace plane, obscure et sépulcrale :
« Ces gens-là t'ont menti, Karle : Dieu seul est grand! »

AGE DE FER

A l'ami Tessier.

I

Le duc Foulques le Noir dont la force commande
Aux vassaux de l'Anjou, de la Bretagne à Blois,
A mis Geoffroi·son fils, le rebelle, aux abois ;
Il va devant ses gens lui faire réprimande :

Tous étant rassemblés au camp de l'Ennemi,
Geoffroi Martel s'avance à genoux ; il chancelle
Sous le poids lourdement infâmant d'une selle ;
Vers son père, il soulève un visage blêmi.

La colère fermente en son cœur plein de honte ;
Il rampe ; puis s'arrête ; il va, s'arrête encor,
Ses chùtes égayant le bourreau qui les compte.
Tandis que sur la pierre il se meurtrit le corps,
Le Duc, se rapprochant, du pied frappe le Comte
Et ricane : « Vaincu ! mon beau sonneur de cor. »

II

Le duc Foulques est vieux. Ayant vécu d'orgie,
Croyant sans cesse voir le Démon l'épier,
Sur le tombeau du Christ, il est allé prier ;
Le pèlerin du crime en Dieu se réfugie.

A genoux à son tour, vers la sainte effigie
Le vieux bandit élève un œil humilié :
« Prends pitié de Nerra, Seigneur ! a-t-il crié.
Et l'homicide fait sa vaine apologie :

« J'ai pillé, j'ai tué, mais c'était à bon droit ;
« J'étais votre fléau, votre bras, votre glaive ;
« C'était vous qui frappiez, quand je frappais Geoffroi ! »

Puis, étreignant son front plein d'un douloureux rêve :
« J'ai bien encore occis quelques soldats du Roi ;
« Mais pour ceux-là mes clercs intercèdent sans trêve ! »

BOUVINES

———

A Louis Joly

O victoire des miens, salut ! salut, réveil
      Des fraternités saintes !
Salut, ducs et manants, vous dont ce soir vermeil
      A béni les étreintes !

Voici donc tous tes fils, ô France, rassemblés
      Sous la même oriflamme ;
Ces nouveaux bataillons, par la gloire appelés,
      N'ont qu'une âme : ton âme.

Le sang des vilains vaut le sang des chevaliers,
      La pique vaut le heaume ;
Tu pourras fièrement dénombrer par milliers
      Les braves du royaume.

4

Les humbles ont sué la sueur des héros
            Sur la glèbe féconde ;
Et les siècles feront naître de ces marauds
            L'épouvante du monde.

Salut, roi ! salut, ducs ! salut, ô mes aïeux,
            Qu'un noble amour nivelle !
Je vois de vos tombeaux s'élever vers les cieux
            Une étoile nouvelle :

L'Univers étonné, proclamant ses splendeurs,
            Tressaille d'espérance.
J'aperçois l'Avenir, vague en ses profondeurs,
            L'œil levé vers la France !

LA REINE MARGUERITE A DAMIETTE

A *François Coppée*.

L'épouse du saint Roi, retenant le sanglot,
Sur un lit de douleurs, solitaire est couchée,
Sa tète penche : telle, une fleur desséchée
Que l'âpre vent du Nord effeuillera bientôt.

Un chevalier, vieillard d'imposante stature,
Qui porte sans fléchir ses quatre-vingt-dix ans,
A cet honneur insigne, hommage aux cheveux blancs,
De veiller là, debout, le fer à la ceinture.

Jeune, dans la bataille, et portant l'étendard
Au fort de la mêlée, il s'écriait : « Montjoie ! »
Devant la femme en pleurs, le guerrier s'apitoie,
Mais l'âme du héros survit dans le vieillard.

Cors, sambutes, clairons, répondent aux cymbales :
Louis n'est-il pas mort, frappé par l'Osmanli ?
A chaque bruit nouveau, l'épouse sur le lit
Tressaille ; l'homme marche à grands pas dans les salles :

« — S'ils entraient, Monseigneur, dans le camp des Français,
« Ne voudriez-vous point, par grand'pitié, m'occire ? »
Le Croisé releva son visage de cire,
Tira le glaive et dit : « Madame, j'y pensais. »

RINGOIS

———

A René Godfroy

Français, connaissez-vous cet humble nom : Ringois ?

C'était un doux barbare, un ignorant bourgeois
De l'époque maudite où les rois d'Angleterre
Avaient fait de la France un pays tributaire ;
De l'époque où nos rois, braves ou fainéants,
Chancelaient tour à tour aux pieds des Mécrants ;
Où le peuple tremblait devant les gens de guerre,
Pillards, violateurs — comme d'autres, naguère, —
Car la France n'était qu'un territoire alors !
Et, sous les destriers des rapaces milords,
Malgré les pleurs communs et les communes haines
Et les communs succès sur les bandes germaines,
Ce n'était pas encor la France qui souffrait !
N'importe ! un peuple ardent, ce peuple qui pleurait,

Rêvait, tout en forgeant la cuirasse et l'épée,
A l'affranchissement futur, à l'épopée
Terrible et sainte, où tous, depuis le tireur d'arc
Jusqu'à Dunois, Lahire et notre Jeanne Darc,
Allaient, en défendant cette Gaule leur mère,
Dépasser à jamais les demi-dieux d'Homère !

Tel fut Ringois :
                    Un jour, las du joug des Anglais,
Abbeville se dit : « C'en est trop ; chassons-les ! »
On convint aussitôt, sur l'avis des plus sages,
De frapper sans retards, menaces, ni messages ;
Et chez les plus vaillants de la noble cité
Les chefs tinrent conseil : Ringois fut arrêté.
Conduit aux ennemis, ils lui promirent grâce,
S'il voulait abjurer son parti sur la place.
Le prisonnier leva sur eux un œil luisant,
Promena sur leurs fronts ce regard méprisant,
Et, devant qu'on eût pu le forcer à se taire ;
Il leur jeta ces mots : « Jamais, chiens d'Angleterre ! »
Or bien, fit un bourreau, beau vaincu, c'est assez ;
Tu te repentiras de ces mots insensés. »

Ringois fut emmené devant le Prince, à Douvres :
« Ta liberté, lui dit Edouard, tu la recouvres
Si tu veux, seulement, me saluer ton roi ? »
— « Messire de Crécy, vous vous moquez je croi ! » —

On fit alors monter sur la tour la plus haute
Cet étrange obstiné. Puis, on lui dit : « Notre hôte,
« Penche-toi sur ce mur ; vois : les rocs de l'ilôt
« Sont à peine couverts par l'écume de l'eau.
« Le roc est ton cercueil ; la vague, ton suaire....
« Cependant, si tu veux, si tu nous voulais faire
« Un signe, rien qu'un seul ! tu vivrais ? »

Ringois leur répondit simplement : « Soyez prêts !
« Voilà jà trop longtemps que cette farce dure. »
— « As-tu bien réfléchi, Français ? la roche est dure. » —
— « Ça, dépéchez-vous donc, messeigneurs, car j'ai dit » —

Et Ringois fut brisé sur le morne granit.

ÉTIENNE MARCEL [*]

A *Charles Lévêque.*

Pour un vague soupçon, les brutes l'ont tué...
Vers le sanglier mort chaque rosse a rué...

. . . .

---

[*] Lorsque les *Poèmes Nationaux* étaient sur le point de paraître, je reçus une amicale observation à propos des vers qu'on va lire. Mes vénérés correspondants s'étonnaient de la conception de cette pièce qui, disaient-ils alors, exalte un traître ! Je me suis défendu et je crois avoir convaincu mes amis.

Toutefois, je veux aller au-devant d'une semblable interprétation, et je note, à cet effet, trois points seulement :

1º La pièce ci-dessus n'exalte pas un homme, mais une idée avant tout, une idée de réforme. Je sais bien que certains historiens ont trouvé que Marcel devançait les temps et que ses idées de *justice* étaient *exagérées* ! J'avoue ne pas comprendre ; et puis, je ne me crois pas obligé de faire passer les opinions plus ou moins intéressées d'un compilateur quelconque avant les indications de ma conscience ;

2º Il ne pouvait y avoir de trahison d'Etienne Marcel au Dauphin, puisque celui-ci était de la race des vainqueurs, c'est-à-dire des Franks, et celui-là de la race des vaincus, des Gaulois ;

3º Le Dauphin était un lâche, qui avait fui la bataille, sous prétexte de veiller à la direction du gouvernement. Ceci était révoltant pour quiconque haïssait l'Anglais ; et ne semble-t-il pas naturel qu'un vaincu, à pareille époque, se soit cru dégagé de tout serment envers le vainqueur ? Encore, y avait-il eu serment ? Il faut juger les hommes avec l'esprit de leur temps.

En outre, je prie ceux de mes lecteurs qui seraient tentés de voir en moi un parti-pris de se porter à la pièce suivante.

Peut-être me suis-je tenu, dans tout le cours de ce travail, à un point de vue trop exclusivement Gaulois ? Je ne le nie point, ayant obéi à un sentiment invincible que deux ans de recherches historiques n'ont fait que rendre plus vivace en mon âme.

Le grand prévôt disait : « Le roi n'est pas seul maître ;
« A nos lois, avant tous, il devrait se soumettre
« Pour le repos du peuple et l'honneur du Pays,
« On ne doit pas régner sur des sujets trahis ! »

.   .   .   .

Ils l'ont tué quand même ! Ils l'ont tué, les lâches !
Bêtement, sans penser qu'il ébauchait leurs tâches ;
Sans voir qu'un seul effort du mâle forgeron
Aurait ployé les fers et brisé le fleuron !...
Ils l'ont tué...

              Devant l'œuvre, les homicides
Plantés là, bouche bée, ignobles et stupides,
Regardent ce géant que Maillard, le premier,
A frappé par derrière ; il en est coutumier.
Tous ont peur de ce front large d'une coudée...

Ah ! c'est qu'un tel cadavre est celui d'une idée.

CRÉCY A POITIERS

A M. G. Avoine.

Crécy ! Poitiers ! Tout râle au sol que tu dévastes,
O bras terrible, ò bras fort du mystérieux !
Le sang des braves coule en pleurs silencieux....
Crécy, Poitiers, maudits soient vos soleils néfastes !

De bataille en bataille, avec la rage au cœur,
Soldats des mauvais jours, j'ai suivi vos bannières :
Et, jusques au dernier dans vos luttes dernières,
Je vous sais invaincus, de l'aveu du vainqueur.

Nos rois Philippe et Jean, sous les premières bombes,
Se sont battus en rois. Donnez à ces héros
Le temple de la gloire, et que veille à leurs os
Le lion symbolique allongé sur leurs tombes !

Aucun lutteur ne jette un cri de désespoir :
Eustache offre ses jours pour sauver une ville ;
En Bretagne, Dubois, plus grand, plus fier qu'Achille,
Clame en frappant d'estoc : « *Bois ton sang Beaumanoir* » :

Bois ton sang ! frappe et meurs ! Après toi, d'autres viennent
Qui feront, à leur tour, l'œuvre de dévouement !
Bois ton sang ! frappe et meurs ! De ton dernier moment,
Que tes fils enhardis à jamais se souviennent !

Frappe et meurs ! bois ton sang ! C'est le vin non-pareil
Que boit la vieille terre en ses jours de détresse :
Qui, dans Beaumanoir mort, s'agite et le redresse
Immortellement beau, dans ta pourpre, soleil !

JEHANNE LA PUCELLE

———

A Emile Mossot.

I.

L'honneur antique gît aux pieds des courtisanes ;
    Le trône est un lit somptueux
Où le fer mol et vain des longues pertuisanes
    Garde un prince voluptueux !
Crève, peuple, étouffé dans cette pourriture :
    Tes maîtres abjects ont jeté
Aux coureurs d'outre-mer affamés de pâture
    Tes gloires et ta liberté !

Et, lorsque ton monarque, ému de ta détresse,
    Enfin daigne tardivement
Pendre à son flanc le glaive au lieu de sa maîtresse
    O suprême avilissement !
Bedford est ton vrai roi, Bunchan ton connétable ;
    Ton La Trémouille est espion ;
Paris n'élève plus, Paris le redoutable,
    La voix de la rebellion.

Puisqu'il n'est plus un cœur, puisqu'il n'est plus une âme
      Digne de toi par sa fierté,
Frappe ! et meurs dans les plis de ta blanche oriflamme,
      Pour vivre en l'immortalité.
N'attends pas que la honte au désespoir te bloque,
      Que tout ton passé soit flétri
Avec ton étendard, pendu comme une loque,
      Au triste bois du pilori.

II.

Au pays de Lorraine, à l'heure où les poètes,
Souvent sont transportés en extases muettes,
Au fond d'un chœur d'église où le vitrail vermeil
Rayonne aux clairs baisers du printanier soleil,
Une fille des champs, vierge douce et timide,
Songe à la guerre et voit, dans sa paupière humide,
A travers le brouillard des pleurs silencieux,
L'Archange Saint-Michel dans sa gloire des cieux.
C'est Carème ; et la pauvre, en ses vides entrailles,
Entend l'écho lointain des poignantes batailles...
La sainte prie ; et l'ange aussitôt lui répond :
« Jeanne, ton pays meurt ; va, quitte ce jupon,
« Revèts un habit d'homme et délivre la France ! »
— « Messire, dit l'enfant, qui me donne espérance
« De sauver notre Prince et vaincre les Anglais ? »
— « Jeanne, Dieu t'aidera ; loin d'ici boute-les ! »

Sorcière ! ont dit les uns. Menteuse ! ont dit les autres...
Elle va ; car la foi, qui faisait des apôtres
Autant de conquérants, fait jaillir de son cœur
L'espoir pour les vaincus, l'effroi pour le vainqueur.
Les belles visions, douces à son enfance,
Lui disent plus souvent: « Boute-les hors de France ! »

Elle écoute : elle va ! Les ténèbres ont fui.
Après les jours de deuil, les jours de gloire ont lui.
Comme un troupeau beuglant, affolé par l'orage,
Les Anglais, éperdus, s'en vont, bavant la rage,
Elle va : la victoire élève ses arceaux,
Les mères ont cessé de plaindre les berceaux ;
La France et Jeanne d'Arc ont bien vengé l'offense ;
« Montjoie et Saint-Denis ! Jeanne d'Arc et la France ! »

III.

Ils l'ont vouée au feu, disant en leur orgueil :
    Qu'elle meure, à jamais flétrie,
Comme si l'on pouvait enfermer au cercueil
    L'âme et le cœur de la Patrie.

Qu'importe à ces bandits, sa beauté, ses vingt ans,
    Que ses visions l'aient trompée ?
Ils n'ont pas reconnu parmi les combattants
    Le Dieu qui portait son épée.

Meurs donc, ô douce Jeanne, effroi du conquérant !
    Autour du front de la Pucelle,
Comme un nimbe divin, auguste et fulgurant,
    Le nom de la France étincelle.

CE QUE PENSAIT JACQUES BONHOMME

A mon Frère, à mon cher Émile.

Renversez mes blés mûrs, foulez mes champs herbeux,
    Vous êtes maître ;
Vous avez droit de mort en mon taudis bourbeux :
    Je sais l'admettre.

Mais, rappelez-vous bien, s'il vous plaît, Monseigneur,
    Que c'est moi l'homme
Qui travaille pour vous ; je ne suis barguigneur ;
    Je bûche, en somme.

Et puis, vous le savez : mon bras, lourd et grossier,
    N'est point un lâche ;
Et, soit cognée ou soc, je fais avec l'acier
    Très bonne tâche.

Le Rustre ! dites-vous. On m'appelle Ferré :
     De Londre à Rome,
Qui pourrait se vanter de coucher sur le pré
     Jacques Bonhomme ?

Qui forge votre armure ? invente un morion ?
     Jacques, le Jacques !
Et c'est Bonhomme encor, le pitre, l'histrion
     Qui taille vos casaques.

Ah ! vous avez bel air, grand air même, marquis,
     Sous la couronne !
Je l'ai faite ; mais, vrai ! ça vous était acquis :
     Je vous la donne.

Si, même, vous n'avez pas assez de mes sous,
     Prenez ma femme !
Les clercs ? Jésus ? Jamais ils n'ont parlé pour vous :
     Soyez infâme

Car, tout cela, mon bon seigneur, c'est votre droit ;
     Mais, par exemple,
Vous feriez sagement de mieux servir le roi
     Sinon le temple.

Après tout, c'est peut-être un tort d'être loyal ?
     D'aimer le trône ?
Qu'est-ce pour vous, savant, qu'un beau discours royal ?
     Farces de prône !

Pardon ! je m'oubliais ; je suis gardeur de bœufs,
     Chantez l'ivresse !
Je suis fait pour les pleurs ; je suis un vilain gueux
     D'une autre espèce !

Vous êtes le seigneur, et je suis le manant :
> Frappez ! messire.
Vous avez les archers de votre lieutenant ;
> Moi, j'ai le rire !

CHANT DU GLAIVE

———

A Nestor Thos y Comas.

LE VAINCU CHANTE :

O Fer sacré du laboureur,
Fer sublime, fer créateur,
Qui prépares la vieille terre
A l'ineffable et saint mystère
De l'éternel enfantement ;
Sois béni glorieusement !
Fer qui seras notre allégeance,
Superbe espoir de la vengeance,
Fer sublime dans ton horreur,
Sois béni, fer, fer destructeur !

Sois béni, fer de l'homme libre !
Que ta menace dans l'air vibre,
Glaive des ancêtres Gaulois ;
Au souvenir de tes exploits,
Nos cœurs tressaillent. Tu proclames,
Dans le bruit et le choc des lames,
L'invincibilité des cœurs.
Brille et fais trembler les vainqueurs :
Que ta menace dans l'air vibre,
Fer béni, fer de l'homme libre !

Oui, sois béni, fer des sillons !
Creuse en plein flanc les bataillons :
C'est grâce à tes labeurs augustes
Que le sang et l'âme des justes
Ont passé dans les grands blés roux.
Fais germer le pain de courroux
Dont se repaitront les armées :
Deviens le tranchant des framées,
Creuse en plein flanc les bataillons
Et sois béni, fer des sillons !

Sois béni, fer de l'Espérance !
Fais l'œuvre de la délivrance :
Pourquoi vivre s'il faut jurer
D'être lâches, de demeurer
Les esclaves de la victoire ?
Si le sépulcre de l'Histoire
Doit garder l'honneur et les os ?
Brille donc au poing des héros
Pour l'œuvre de la délivrance,
Fer béni, fer de l'Espérance !

Fer béni, fer de l'opprimé,
Venge Dieu qu'ils ont blasphémé ;
Rougis au brasier des souffrances ;
Sois forgé par le vers des stances,
Trempe aux larmes de nos malheurs
Et fais ton œuvre... que les pleurs,
Que les sanglots peuplent l'espace ;
Sois comme la peste qui passe,
Venge Dieu qu'ils ont blasphémé,
Fer béni, fer de l'opprimé !

PHILIPPE POT

———

A l'ami Dietsch.

Au temps où Charles huit, fils d'un père maudit,
Assemblait les Etats, ce Bourguignon leur dit :

« Les peuples ont besoin d'un roi qui les éclaire ;
« Mais cet Elu, ce Chef, doit être populaire ;
« Son droit deviendrait nul, inique désormais,
« Si, devant être un père, il l'oubliait jamais !
« Il doit être le cœur, le bras, l'intelligence ;
« Il doit son aide au faible et l'or à l'indigence ;
« Il doit être un vaillant, redoutable aux combats ;
« Se rappeler, en haut, que plus d'un saigne en bas ; —
« Car, l'Etat, ce n'est pas le seul conseil des princes :
« L'Etat, c'est le royaume et toutes ses provinces.

« Avec leurs ducs, barons et nobles intégrants,
« Voire le menu peuple, aussi bien que les grands.
« Tel pensait Louis neuf, très noble et saint monarque,
« Qui de droite raison portait l'auguste marque. »

Les tyrans, ébahis d'ouïr la vérité,
Mirent ce Juste en proie à leur hilarité !

TRAITRE

A *Étienne Julien*.

Celui qui va le long du Rhône
    Noir, grondant,
Songe à voler au moins un trône,
    Dieu l'aidant.

Ce brave là craint la lumière
    Aujourd'hui ;
Il craint même un feu de chaumière
    Dans la nuit.

Voyez comme il baisse la cape
    Sur son front ;
Il court... sûrement il escape
    A l'affront.

Quoi ! Monseigneur traîne guenilles ;
 Jarnibleu !
Les rois auront des souquenilles
 Avant peu.

Messire porte, au lieu d'épée,
 Un poignard.
Bon succès à ton équipée,
 Hai ! mignard.

Combien vous paiera-t-on, Altesse,
 Pour ce coup ?
Vous fera-t-on la politesse
 De beaucoup ?

Un bon morceau de la Patrie ?
 Quel bonheur !
Bren ! il valait mieux la pairie
 Et l'honneur.

Oh ! cache-toi, cache-toi ! cache,
 Mécréant,
De peur que la terre te crache
 Au néant.

Oh ! cache, cache ton visage
 De félon !
Tu seras maudit d'âge en âge,
 O Bourbon.

RENAISSANCE

———

A J. Caumont.

Dans ce siècle lointain, voici que j'aperçois :
A Rome, le grand Cosme, et dans Paris, François.

Les poètes sont rois, et les rois sont poètes ;
En pratiquant la guerre, on fait des amourettes.

Charles-Quint, jeune, insulte au pape, et, vieux, imite
Ce diable qui, dit-on, voulut se faire ermite

Le roi de France est bon ; mais il a le défaut
De ne jamais savoir quelle femme il lui faut.

Pour ce roi généreux, de fiers palais s'élèvent :
Sous leurs plafonds dorés, génie et beauté rêvent.

On sourit au sceptique ; on lui baise la main :
On remet les pensers graves au lendemain.

De contes et d'amour, reine n'est point avare :
Plus d'un l'attesterait par celle de Navarre.

On porte vêtements qui valent leur poids d'or ;
Sur l'ivoire et la pourpre, on s'assied et l'on dort.

Ce siècle est trop heureux ; on y vit dans l'orgie.
La boue est dans les cœurs si la main n'est rougie.

On ne pleure pas trop la perte d'un Bayard :
Le Tasse vient offrir son hommage à Ronsard.

Tout n'est que vains plaisirs, folie et jouissance ;
Et l'on appellera ces jours : la Renaissance.

C'est raisonnable ; quand on voit ces choses-là,
Dieu fait naitre Agrippine ou bien Caligula.

CHARLES NEUVIÈME, ROY

Son sang limpide et clair, jaillit de tous ses pores.

. . . .

O ! sang des huguenots, c'est toi qui t'évapores,
Toi dont il voulut boire et qui l'as abreuvé !

. . . .

Or, plus d'un dit tout bas : « Le tigre est-il crevé ? »
Déjà les conseillers partent, tous : sans vergogne,
Ils s'écartent du roy comme d'une charogne :
La reine, elle, a cet œil sinistre et triomphant
Qui fit un meurtrier de son trop faible enfant !
Sa démarche superbe et sa voix formidable
Disent à tout venant qu'elle est inabordable !

. . . .

Ah ! naguère, Messieurs, Mesdames de la cour,
Vous alliez, minaudant, voir pendre haut et court :
La gente châtelaine avec sa haquenée,
Le Comte, vêtu d'or comme aux jours d'hyménée,
Par couples, vous alliez au charnier Montfaucon ;
Vous n'emportiez jamais de parfum en flacon ;
Même, vous aviez là, de grands éclats de rire !
Çà, pourquoi tremblez-vous et voulez-vous maudire ?
Si le prince est coupable, êtes-vous innocents
Plus que lui ? Vous étiez, vous, des hommes puissants,
Des femmes qui vouliez du sang à toute offense !
Lui, le roy, qu'était-il ?... Encore en son enfance,
Affolé, torturé par d'ignobles moyens,
Il ne voyait partout que Maures et païens :
C'est ainsi qu'en son âme avilie et trompée,
Il rêva de carnage et de grands coups d'épée !

. . . .

C'est vous, les assassins, qui répondrez pour lui,
Par vos enfants, d'abord — puis, par vous, à Celui
Qui disait à Caïn : « Qu'as-tu fait de ton frère ! »
Vous avez beau laver votre main sanguinaire,
Parler du doux Jésus que vous calomniez,
De ce droit au pardon qu'aux autres vous niez ;
Vous pouvez ergoter sur vos rouges colères,
Et ricaner au nez des morts patibulaires :
La Justice de Dieu prend le temps qu'il lui faut
Pour bâtir à vos fils l'équitable échafaud.

Et vous, fiers pourfendeurs, ô braves catholiques,
Vous dont les mœurs étaient vraiment apostoliques ;
Vous qui disiez au roi, simples et grands héros :
« Nous sommes des soldats et non pas des bourreaux ! »
Oh ! vous, lorsque la plèbe aura trouvé son heure,
Vos fils pourront dormir, calmes, dans leur demeure ;

Et si la foule aveugle, assaille leurs lambris,
Les emprisonne et met leurs palais en débris,
Du moins, ils n'auront pas, innocentes victimes,
En pensant aux aïeux, à rougir de leurs crimes ;
Et, lorsqu'ils monteront, nobles, vers le trépas,
Ils verront, dans le Ciel, Jésus ouvrir les bras !

Pauvre prince, accablé d'une lourde couronne ;
Que l'envie, au berceau, de vices environne ;
Toi qui devais, peut-être, avoir un royal cœur,
Et qui te vis dompté par le poison vainqueur ;
Toi que l'on tortura dans ta vie éphémère,
Ta faute est d'être né d'une effroyable mère...
Et, quand je songe à toi, Charles, prince et bandit,
Mon âme te pardonne et, tristement, se dit
Que l'Histoire souvent ignore la Justice
Et qu'un roi peut vouloir que Dieu l'anéantisse.

AU BÉARNAIS

Hommes vains, dont l'orgueil élève des arceaux
Au triomphe insolent des Princes de la guerre,
Quels portiques bâtir à la gloire plus chère
De ceux qui furent grands sans les pleurs des berceaux ?

Alexandre étonne le monde
En l'inondant de sang humain ;
L'empire exécrable qu'il fonde
N'aura pas même un lendemain ;
Non content d'être patriote,
Il veut tuer en conquérant...
Et le Monde, ce vieil ilote,
Le salue et l'appelle grand !

> César, le fourbe, sur la terre
> Passe en bandit, règne en voleur ;
> Traître, lâche, inceste, adultère,
> Habile et cynique enjôleur,
> Il jette à Rome l'or des Gaules,
> Et malgré le crime flagrant,
> César, ayant écrit ses rôles,
> César le pître sera grand.

Mais Toi, cher Béarnais, toi, le doux vainqueur d'Arques,
Toi, soldat par devoir, modèle des monarques,
Toi qui ne voulus pas faire à Dieu cet affront
D'écrire ton histoire avec le sang de l'homme ;
Toi que ton doux génie à l'avenir renomme,
Les siècles auront-ils des lauriers pour ton front ?

L'esprit des temps nouveaux, respectant ta mémoire,
A déjà consacré ton droit à cette gloire,
En comprenant enfin qu'il est bon de s'aimer,
Les cœurs ont abjuré les anciennes discordes ;
Et toi qui maudissais les bûchers et les cordes,
Sceptiques et croyants, tous voudront t'acclamer.

Paris s'est souvenu, qu'assiégeant ses murailles,
Tu lui donnas du pain pour calmer ses entrailles,
La France, caressant son meilleur souvenir,
Dira que, destructeur de nos haines civiles,
Tu protégeas les champs sans appauvrir les villes ;
Et le monde avec nous sait venger ou bénir !

Vainement quelque ingrat, osant jeter le blâme
A tes folles amours, voudrait troubler notre âme ;
Nous lui répondrions par la voix de Sully :
« Quel homme est devant Dieu sans faute et sans misère ? »
Je lui dirais : « Henri fut pour la France un père :
« Les fautes de mon père ont droit à mon oubli :

Et si la politique, insolente luronne,
Venait te reprocher ton sceptre et ta couronne,
Le philosophe alors répondrait en courroux :
« Rois, dictateurs, tribuns, républiques, empires,
« Quels titres sont meilleurs ou quelles lois sont pires ?
« Hommes, je crois en Dieu mais ne crois pas en vous ».

GRAND SIÈCLE

A M. Victor Oger d'Elbosc.

I. — A CORNEILLE.

Quel homme de ton siècle, au souffle de ton âme,
N'a pas senti grandir son courage et sa foi ?
Chacun de ses héros semble créé par Toi ;
Le Roi qui l'oublia porte un éternel blâme.

Maintenant, c'est l'envie et l'ignorance infâme
Qui de Shakspeare font le seul poete-roi,
Comme si l'on avait toute science en soi
Pour juger les cerveaux où le Ciel met sa flamme.

Or, deux siècles déjà pour ta gloire ont fondé,
Sur l'oubli de ton Roi, l'impérissable temple
Où tu reposeras, par Rodrigue gardé.

Pour Corneille et Shakspeare, il s'élève assez ample :
C'est là que tu vivras, en nous donnant l'exemple,
Dans ton œuvre, marquée aux pleurs du grand Condé.

II. — A VILLARS.

Il est beau de jeter son bâton dans l'arène,
Et, l'épée à la main, le conquérir en roi ;
De s'appeler Condé le Vainqueur de Rocroi ;
Mais il est noble aussi d'avoir pour nom : Turenne.

Il est beau d'être prince en la nouvelle Athène ;
De savoir attirer la victoire vers soi ;
Mais il est encore mieux, quand vient le désarroi,
D'opposer aux revers une grandeur sereine.

Louis quatorze est grand, qui protège les arts
Et prend, dans le malheur, sa part de la souffrance ;
Grands sont Condé, Turenne et les autres Bayards.

Mais, plus grand et plus beau, dans la désespérance,
Est celui qui sauva le cher pays de France :
C'est bien d'être Condé ; c'est mieux d'être Villars.

III. — A MOLIÈRE.

Oui, j'aime ta satire, ô piquant philosophe ;
J'aime ton rire libre et ta saine verdeur :
J'aime ton fier Alceste et sa fougueuse ardeur ;
J'aime ton Mascarille et son âpre apostrophe.

J'aime ta prose, ardente ou pleine de rondeur :
J'aime ton vers gaulois et ta superbe strophe :
Car, Mascarille, Alceste, ont dans la même étoffe
Taillé l'ample manteau de ta propre grandeur.

Mais ce qui, plus encor, me fait t'aimer, ô Maître,
Plus que ton art, vainqueur de l'art grec ou romain,
Plus que cette vertu qui ne veut se soumettre :

C'est qu'en prenant ton œuvre, ouverte dans ma main,
J'ai senti dans mon âme une lumière naitre,
Et, dans mes doigts tremblants, battre le cœur humain.

A BELZUNCE

———

A **M.** *Victor Vollet.*

Marseille avait hier, en France, un monopole ;
Son nom même était grand parmi la Pentapole :
Gênes, Smyrne, Cadix, Constantinople et Tyr ;
Et, du Nord au Midi, d'Europe en Amérique,
Dans les havres, les ports, dans la baie ou la crique.
On entendait partout son grand nom retentir.

Sa mer, belle et profonde, au rivage abordable,
Recevait une flotte étrange et formidable :
Espagnols, Portugais, Maltais, Italiens,
Anglais, Maures et Turcs, le Syrien, le Slave,
Coudoyaient dans ses murs le corsaire et l'esclave :
Reine, elle possédait des droits régaliens.

Marseille avait alors les hommages du Monde :
L'or, l'ivoire, l'encens, diamants de Golconde,
Corail de l'Archipel et perles de Ceylan,
Chez elle, tout venait comme à Saba l'antique ;
Et le Napolitain la berçait d'un cantique
Lorsqu'elle avait fini, chaque soir, son bilan.

Tous les jours pour Marseille, étaient des jours de fête ;
Elle n'entendait pas la voix du vent, prophète,
Lui murmurer parfois : « Mon souffle fait des morts ! »
Elle marchait, mangeait, causait de ses affaires,
Chantait avec les voix de nos deux hémisphères :
Elle vivait superbe, heureuse et sans remords.

Aujourd'hui, cette reine est seule, abandonnée :
La cour fuit ; la cour met la Méditerranée,
Entre elle et les palais où la peste sévit.
O sinistre richesse ! effrayant monopole !
Marseille est maintenant la vaste nécropole
Où l'homme de Dieu, seul, avec calme survit.

Les navires sont loin ? Goëlands, hirondelles,
Ils sont partis en hâte, ouvrant leurs larges ailes,
Pour conter aux vaisseaux un lugubre récit ;
Ils diront en passant : « N'allez pas à Marseille,
Car le vent du Seigneur souffle sur la merveille ;
L'Ange de mort y plane et le ciel s'obscurcit !

Les navires sont loin. Sur les quais, dans les rues
Par de lourds chariots naguère parcourues,
Plus de ballots ! Des corps pêle-mêle entassés,
Que le soleil calcine ou sur qui l'eau ruisselle ;
Et, d'heure en heure, un tas près d'un tas s'amoncelle,
Et rien ne fait prévoir que le Ciel dise : « Assez ! »

Les chemins sont déserts et les maisons désertes !
Parfois, dans un logis, les portes sont ouvertes :
C'est que l'on met dehors un mourant dangereux ;
De temps en temps, une ombre, évitant les murailles,
Passe, tâte les morts qui perdent leurs entrailles :
Et l'on dirait Satan fouillant ces malheureux !

Marseille aura, demain, disparu tout entière ;
On n'entend plus sa voix, vive, sonore, altière ;
Les chants sont devenus des râles, des soupirs ;
Le cri des moribonds trouble seul le silence,
Epouvantable plainte, et qui vers Dieu s'élance
De la bouche et des cœurs de vingt mille martyrs !

*
* *

Qui donc aura pitié, Seigneur, de cette ville ?
Oui, nous songions trop à l'or, à l'or servile
Et pas assez à vous, Seigneur Dieu ; mais, pitié !
Retirez votre main que l'on voit au ciel, sombre ;
Jetez pour nous l'espoir, ce soleil, dans notre ombre ;
Ne nous accablez point de votre inimitié !

*
* *

Or, derrière Satan, qui, furtivement, vole,
Voici l'homme de Dieu qui s'arrête et console ;
Il se baisse aussi, lui, mais pour s'agenouiller
Et d'un souffle mortel écouter la prière ;
Modestement, il fait son œuvre, sans bannière,
Heureux s'il voit les yeux de bonheur se mouiller !

*
* *

Ainsi Belzunce va du mourant au cadavre :
En son cœur paternel que ce spectacle navre,
L'amour divin croîtra jusques à l'embrâser :
Auprès du moribond qui hurle ses alarmes,
Il s'assied, et, prenant dans ses bras l'homme en larmes,
En lui parlant des cieux, il lui donne un baiser.

*
* *

Mais, transporté, Belzunce a fait sonner les cloches :
Et, de la maison sainte emplissant les approches,
Les derniers survivants l'entourent, anxieux :
L'évêque paraît, parle : on tremble, on prie, on pleure ;
Le chant sacré commence, et l'on a foi sur l'heure
En l'espoir de Belzunce, en la bonté des cieux !

« Seigneur, a dit le saint, ta droite est satisfaite ;
« La désolation règne au séjour de fête ;
« Seigneur, il ne faut pas accabler le vaincu : »
Alors, comme autrefois, Attila, dans les Gaules,
Devant une bergère inclinant ses épaules,
Le fléau, brusquement, se sentit convaincu.

Alexandres, Césars, Cicérons, Démosthènes,
Dieux de la grande Rome et de la fière Athènes,
O vous qui triomphez dans l'immortalité ;
Dieux de la guerre, dieux de la pure harmonie,
Homères, Annibals, sacrés par le génie,
Belzunce vous dépasse, étant la Charité !

VOX UMBRÆ, VOX DEI

D'après une légende dont la conclusion n'existe pas

Or, la France des Franks expire sous la hache :
A saint Denis, dans l'ombre inquiète où se cache
Le fantôme des rois, a paru ce tueur,
Le Peuple, dont les yeux reflètent la lueur
Du suprême incendie ! . . . .
. . . . Il arrache à la tombe
La cendre des puissants, la disperse... elle tombe
A la rue, à l'égoût ! . . . .
. . . . Seuls, Louis neuf, Henri.
Ceux-là qui furent doux au peuple endolori,
Devant les révoltés ont obtenu justice ;
Mais, quant au reste, il faut qu'on les anéantisse !
Et la colère agit, sans pitié, sans retard,
Car elle n'a souci ni du temps, ni de l'art.

Et voici que, parmi la plèbe vengeresse,
Un ange du Seigneur a paru, lequel dresse
Jusqu'aux voûtes son front formidable et serein.
Il parle : et l'on dirait, en des parois d'airain,
Le roulement sinistre et puissant du tonnerre....
La plèbe, dans ses mains, sent tressaillir la pierre !

« — Dagobert, a-t-il dit, veux-tu quitter ce lieu
« Pour le trône ancien ? »
                            « — La clémence de Dieu,
« L'oubli de mes sujets, font la paix de mon âme ! »

« — Et toi, Thierry, veux-tu reprendre l'oriflamme ? »

« — Hélas ! les habits d'or ont alourdi mes pas ;
« Moine, je fus heureux ; roi, je ne le fus pas ;
« Donnez-moi le repos : c'est tout ce que j'espère
« De mon Seigneur ! »
                            « — Pépin, Dieu te fera le père
« De monarques fameux par d'uniques exploits ! »

« — A quoi bon apporter au Monde tant de lois,
« Si l'on reste toujours esclave de soi-même ? »

« — Auguste, est-il pour toi, ce futur diadème ? »

« — C'est assez d'expier les meurtres d'autrefois. »

« — Louis, fils du Très-Haut, reprenez à ma voix
« Le sceptre aux fleurs de lis ! »
                            « — Qu'un plus heureux le fasse !

« — Debout, Charles septième, à la mort tout s'efface ! »

« — Tout.... excepté le sang de sainte Jeanne Darc. »

« — Toi donc, roi du Plessis ! »
                            « — Nemours hante mon parc...
« Le trône ? un échafaud ! Non, non ! Tais-toi ! »

                              Mais l'ange
Qui d'avance voyait malheurs, crimes et fange,
Appela :

          « — François ? »

                    « — Fi du cothurne mesquin :
« Le bonheur va nu-pieds ou danse en brodequin ! »

« — Béarnais ? »

                    « — Moi ? revivre ? En cherchant la justice,
« J'ai trouvé le poignard ! » . . . .

                         Et leur gloire factice
Etant ainsi vomie au dehors des tombeaux
Par ces spectres de rois jadis si fiers et beaux,
L'ange sortit. . . . . . .

                    Tout près, un pauvre cimetière, —
Où la tombe de l'humble était restée entière,
Désolée, inconnue, — élevait dans les airs
Ses saules et ses ifs sur les chemins déserts.
L'ange entra, souleva d'un seul geste une pierre
Sous laquelle dormait un juste. La paupière
Et la bouche du mort s'ouvrirent :

                         « Que veux-tu ? »

Demanda-t-il.

                    « — Ton nom ? le nom de la vertu ? »

« — Demande à ce granit. »

                         « — Il l'ignore ; sur terre
« Que faisais-tu ? »

                    « — Courbé sur un champ solitaire,
« J'ai bêché, j'ai semé, sué par tous les temps ;
« Et j'ai fait cet ouvrage environ soixante ans !

« — Devins-tu riche ? »

                    « — Non ; mais jamais sous le chaume,
« L'espoir ne nous manqua. Les puissants du royaume
« Ne furent pas heureux plus que moi ! »

                              « — Je te crois ;
« Mais la gloire ? »

                    « — La gloire ! illusion des rois !
« A quoi bon ? »

                    « — Cependant, dis-moi, veux-tu revivre ? »

« — Si c'est l'ordre de Dieu, volontiers je m'y livre ».

« — C'est bien ; que seras-tu ? »

                         « — Donne-moi seulement
« Ma bêche, ma chaumière et mon contentement ! »

« — Eh bien, vis, paysan ; vis, féconde la glèbe ;
« Vis pour donner ton sang à la future plèbe !
« Revis pour l'équité ! Vis, vis, pour le bonheur !
« Au prix d'une nouvelle et pénible sueur,
« Tu referas la France ! A cette grande tâche,
« Tu ne failliras point, ô toi qui, sans relâche,
« As souffert et fus bon ! »

                         Lors, on eût vu surgir
Des fantômes nombreux ; on entendit mugir,
Une voix formidable, éclatante et profonde,
Comme un souffle des cieux qui bouleverse un Monde,
Redoutable ainsi qu'un rugissement de faim ;
Et cette voix disait :
                    « Gaulois, justice enfin ! »

93

A `Marcel Bailliot.

C'était en dix-sept cent quatre-vingt treize ! Un roi
Venait d'être frappé par l'implacable loi,
Cette odieuse loi, cette loi de colère
Qui fait juge et bourreau le tribun populaire,
Et qui, de chûte en chûte, et d'excès en excès,
Conduit la vérité vers le final succès !
Mystérieuse loi, qui, violente, injuste,
Pour punir un Néron, frapperait un Auguste ;
Loi qui semble accabler les doux, les tolérants,
Pour jeter en défi leurs têtes aux tyrans,

Crime que Dieu permet et que l'homme exécute
Pour que cette menace aux monts se répercute :
« Regardez vers le ciel et malheur à Celui
« Qui niera la lumière ! un nouvel astre a lui ! »

Mais, quand tombait ce roi sous un glaive en furie,
Un autre sang coulait, le sang de la Patrie !
Et l'armée avait faim ! Carnot, rude vainqueur,
Sentait le désespoir mordre enfin dans son cœur ;
C'en était bien fini ! Du moins, la grande Histoire
Dirait : « La France est morte en un jour de victoire ! »
Car, on n'avait songé, chez nous, peuple invaincu,
Qu'à mourir en héros, comme on avait vécu !
Or, tout à coup, planant sur la paix funéraire,
Éclata l'âpre voix du montagnard Barrère :
« Citoyens, cria-t-il ; jeûnons pour nos soldats :
« C'est à nous de souffrir, qui ne combattons pas ! »
. . . .

On jeûna sans se plaindre ! Au bout de ce carême,
La France avait conquis une gloire suprême :
Le Drapeau triomphait en plus de cent combats !

Et l'on demanderait à tes enfants, ô France,
Pourquoi nous espérons dans la pire souffrance ?
Pourquoi nous sommes fiers, même dans le malheur ?
Comment nous nous vantons de venger les défaites,
D'oublier dans les chants de consolantes fêtes
          L'hymne sombre de la douleur ?

Rappelons-nous ces jours de discorde et de haine,
Ces jours de désespoir où, sans reprendre haleine,
          L'exécuteur frappait sur tous ;
Jours où le père même, en proie à la folie,
Conduit son plus cher fils au bourreau qui le lie !
          Jours d'aveugle courroux !

Cependant, au seul nom de la Mère commune,
La sagesse revint dans l'infâme tribune,
Et l'œuvre d'un sauveur se fit dans le chaos ;
Comme si Dieu, par là, voulait nous faire entendre
Que, même terrassés, nous pouvons tout prétendre
Et que tout cœur français est un cœur de héros !

?

Comme ces sphinx d'Egypte aux profondes pensées
Dont le calme regard se perd dans l'infini,
Muets et grands témoins des splendeurs trépassées,
Et qui restent debout, marbre, jaspe ou granit,
Bonaparte se dresse, immense, impérissable,
L'œil fixe, bras croisés, au-dessus des tombeaux
De ceux qui l'ont vêtu d'étendards en lambeaux,
Géants ensevelis dans la neige ou le sable...

1870

A M. Pilven.

O Toi, qui mesurais aux pas de tes héros
Les empires vaincus par tes vaillantes armes ;
Toi qui faisais des rois avec tes généraux,
Le voici revenu, le temps de tes alarmes !

Toi dont l'aigle volait d'un coup d'aile au soleil,
Toi qui ravis aux cieux leur lumière éternelle
Pour couronner ton front d'un éclat sans pareil,
Le deuil a fait la nuit au fond de ta prunelle,

O Toi, Toi, qui donnas à notre Humanité
Le pain de la science et son divin breuvage,
Qui font jeter à l'Homme un cri de liberté,
Tu vas revoir trembler notre Europe au servage.

Car, de nouveau, la force opprimera le droit !
Et qui sait, ô Pays, si parmi nos défaites,
Nous n'avons pas perdu, nous dont l'orgueil déchoit,
La foi des nobles cœurs que nous guidions aux faites ?

*
* *

Splendeurs du glorieux Passé,
O généreux combats d'héroïques armées,
Légions qui vainquiez en tombant décimées
Sur notre drapeau renversé ;
O Martyrs inconnus des éternelles causes,
La justice et l'honneur ! O rêves grandioses
Des grands siècles et des penseurs ;
Qu'êtes-vous devenus dans l'effroyable chûte ?
L'âme de notre France est-elle dans la lutte
Seule à jamais, sans défenseurs ?

*
* *

Or, la Voix du Mystère a clamé dans l'espace,
Comme aux Hébreux captifs du Pharaon vainqueur ;
Et, frissonnant au bruit de cette voix qui passe,
J'ai gardé sa parole en la paix de mon cœur :

*
* *

« Ne juge pas, chétif, le seul maître du Monde !
Si la foudre aujourd'hui sur ce beau pays gronde,
Et détruit les palais de la grande cité,
« Sais-tu quels monuments elle va mettre en poudre
« Avant la fin du siècle ? Et ce qu'a fait la poudre,
« L'orgueil et le plaisir l'ont-ils pas mérité ?

« Qu'importe la douleur si le bien doit en naitre ?
« Que t'importe la mort d'une armée ou d'un être,
« Puisque, moi seul, je puis rester toujours debout ?
« Connais-tu les décrets de ma toute-science ?
« Ma justice a le temps ; mon bras a la puissance ;
« Ne juge pas, chétif, Celui qui juge tout !

« Tu verras le vainqueur s'éteindre dans sa race,
« Tu verras, l'œil flambant, traître, lâche et vorace,
« Le louveteau guetter la mort lente du loup ;
« Tu verras le silence où hurle leur ivresse ;
« Où s'ébat leur gaité, tu verras la tristesse ;
« Tu verras leur soleil s'assombrir tout à coup !

« Le colosse de fer est de sang et de boue ;
« L'archange exécuteur dont la force se joue
« A briser les tyrans, comme tu fais d'un œuf,
« Mon ange écrasera le géant sous son pouce ;
« Et de ce géant qui, vainement, les repousse,
« Les peuples opprimés feront un hochet neuf.

« Et lorsque dans mes Cieux aura sonné mon heure,
« L'aurore d'un beau jour égaiera la demeure
« Où ma droite a laissé pénétrer les revers ;
« Je suis Dieu qui punis ; je suis Dieu qui pardonne ;
« Que ta douleur à moi se fie et s'abandonne :
« La France est mon flambeau pour guider l'univers ! »

LA PLAINTE DES DRAPEAUX

A Emile Mossot.

Dix-neuf ans ont passé depuis que nos armées,
Par le traître et l'obus lâchement décimées,
Ont, pour sauver l'honneur, brûlé nos vieux drapeaux.
Or, les étendards neufs, arborés dans nos fêtes,
Demandent, frémissants, à venger nos défaites
Et se plaignent au vent des longs et vains repos.

Oh ! que d'angoisse aux plis de ces nobles étoffes !
Que d'appels véhéments, de fières apostrophes
Dans le claquement sec de leurs ors agités !
C'est quand le peuple entier chante la Marseillaise !
Qu'il faut les voir se tordre ainsi qu'en la fournaise ;
Ecoutez les clameurs des drapeaux révoltés :

*
* *

« Peuple, réjouis-toi ! Déjà, dix-neuf années,
« Te permettent l'oubli de tes palmes fanées,
          « De l'Alsace et des morts !
« Réjouis-toi, bon peuple ; oublie en philanthrope ;
« Convie à tes festins toute la vieille Europe ;
          « Mange et bois sans remords !

*
* *

« Élève dans Paris d'altières pyramides !
« Jouis de cette gloire et confonds des Numides ;
          « Ne songe plus à rien,
« Si ce n'est au triomphe, aux foules accourues,
« A tes hautains palais, à tes bruyantes rues ;
          « Sur tes lauriers, dors bien !

« Ouvre tes bras, ô peuple, ô peuple magnanime
« Aux alliés de ceux dont tu fus la victime ;
          « Presse-les sur ton cœur ;
« Dis-leur que ton âme est l'âme même du Monde ;
« Abjure, pour répondre à l'orage qui gronde,
          « La haine du Vainqueur !

« Dors bien ! Et quelque jour, à ton réveil l'aurore —
« Ce pavillon sanglant que la nature arbore,
          « Comme un brandon parfois, —
« Donnera le signal des soudaines batailles ;
« Quand tu nous saisiras, de profondes entailles
          « Auront meurtri tes doigts.

« Et nous te guiderons, sous les yeux de l'Histoire,
« Comme nos devanciers, non pas à la victoire,
          « Mais à l'honneur ancien ;
« Et tu feras de nous, Toi, ce qu'ont fait tes pères ;
« Car nous ne voulons pas tapisser des repaires,
          « Au feu ! Pas au Prussien ! »

*
* *

Mes frères, écoutons la voix des oriflammes ;
A ce souffle de feu, sachons ouvrir nos âmes :
De sa sainte brûlure, il les purifiera.
N'attendons pas l'instant des folles épouvantes ;
Opposons au danger des fiertés bien vivantes ;
Que nul ne soit surpris en habits d'opéra !

Et, si vous êtes sourds à la vaillante plainte
Des jeunes étendards ; si vous dormez sans crainte,
Sans daigner jeter bas vos brillants oripeaux,
Tout à la paix trompeuse, aux arts, à la science,
Si vous vous prélassez dans cette insouciance
Écoutez donc le cri de nos anciens drapeaux :

*
* *

« France, réveille-toi de ton sommeil funeste ;
« Car ils veulent te prendre, hélas ! ce qui te reste
        « Des gloires d'autrefois.
« Pour l'honneur, lève-toi. Levez-vous, fils de France ;
« N'auriez-vous plus au cœur votre antique espérance,
        « Ni vos antiques fois !

« Ah ! prenez garde : aux jours de nos essors sublimes,
« Nous avons dépassé nos plus altières cimes ;
        « La Terre sous le pied,
« Nous avons, nous aussi, rêvé la Paix auguste ;
« Nous croyions, comme vous, aspirer vers le juste ;
        « Ce rêve est expié :

« La paix ! croyez-nous-en : pour la donner aux hommes,
« S'il fallait devenir, de cendre que nous sommes,
        « Les drapeaux de jadis,
« Nous le deviendrions ; et nous serions en joie
« De voir vos régiments marcher sous notre soie,
        « Un soldat contre dix..

« Et nous verrions tomber votre noble phalange
« Avec un bonheur vrai, superbe, sans mélange,
          « Vous sachant Immortels ;
« Et ce serait très doux de retourner en cendre,
« En voyant l'Avenir sur nous faire descendre
          « L'éclat de vos autels.

« Mais, pourquoi nous livrer aux trompeuses chimères ?
« C'est en vain qu'ont pleuré vos aïeules, vos mères ;
          « Le sang des écrasés
« N'a pu repaître encor votre ennemi farouche :
« Ce qu'il veut, c'est la France, infâme dans sa couche,
          « Livrée à ses baisers.

« Ce qu'il veut, c'est votre or, votre ciel, votre terre ;
« C'est vous corrompre avec son philosophe austère
          « Et sa chair à plaisir ;
« Ce qu'il veut, c'est, de vous, faire un peuple assez lâche
« Pour marcher le front bas et subir sans relâche
          « Les lois de son désir.

« Afin qu'on puisse dire, en fermant votre tombe :
« *Ce peuple a mérité que sa gloire succombe ;*
          « *Pas de mots superflus !*
« *Que n'était-il debout au jour de la bataille !*
« *Que n'a-t-il transformé tout son or en mitraille !*
          « *C'est bien, n'en parlons plus !* »

« Non ; vous ne serez point la nation flétrie !
« Vous aimerez surtout votre vieille Patrie,
          « Sa gloire, ses malheurs !
« Vous ne serez jamais ni lâches, ni parjures ;
« Mais vous vous tiendrez prêts à venger les injures
          « Faites aux trois couleurs.

« Vous ne convoiterez ni province, ni place ;
« Mais vous n'oublierez pas vos frères de l'Alsace ;
          « Vous attendrez le jour
« Où les événements termineront l'attente ;
« Jusques au bord du Rhin vous planterez la tente ;
          « Ce sera votre tour.

« Ainsi, quoique dressant vos géants édifices,
« Vous vous préparerez aux futurs sacrifices
          « Pour le fatal conflit.
« Et si quelqu'un de vous, venant railler ces choses,
« Vous invite à chanter les amours et les roses,
          « Que ce fou soit maudit !

AUX HÉROS INCONNUS

A. M. H. Arnoul.

Ainsi j'ai remonté le long chemin des âges :
J'ai cherché les tombeaux, les noms et les visages
De ceux qui furent grands devant l'Humanité ;
Puis, j'ai dit à ma Muse : « Evoque la lumière,
« Et quand ils revivront dans leur gloire première,
« Tu chanteras un hymne à l'Immortalité. »

Les voici maintenant debout, fiers sous les armes,
Ou simplement divins par leurs chants et leurs larmes,
Par le cœur et l'esprit, par l'amour et la foi !
Plus d'un les saluera tes beaux fils, ô Patrie,
Et coupable avec moi de sainte idolâtrie,
Les proclamera dieux, ces héros nés de Toi.

Et voici que ma tâche est finie, et je pleure...
Je pleure, car mon œuvre, ainsi faite, me leurre !
Oui, j'ai glorifié maint héroïsme obscur ;
Mais, que de grands lutteurs dont les vertus altières
Ont avec ces vaillants disparu tout entières.
Dont on ne peut jeter le nom même à l'azur !

*
* *

En vain, j'ai demandé ces hommes à la Terre :
La Terre est impassible et garde son mystère,
« Cependant, ai-je-dit, explique-nous comment
« Ces braves, pour guérir, ont affronté la peste
« Et caché leur bravoure en leur âme modeste ?
« Pourquoi furent-ils bons et saints obscurément ? »

Or, la Terre répond : « Toute gloire est chimère ;
« Ces sauveurs avaient mis ailleurs qu'en l'éphémère,
        « Plus loin, plus haut dans le ciel bleu,
« Leur suprême espérance et leur foi simple et sage.
« S'ils ont ressuscité des morts sur leur passage,
        « C'est qu'ils allaient, marchant vers Dieu. »

*
* *

J'ai demandé leur proie aux dévorants abîmes :
« Dites, gouffres, les noms de nos marins sublimes !
« Dites vers quelle étoile, invisible à nos yeux,
« S'élevaient leurs regards, quand, narguant la tempête,
« Penchés sur l'aviron et relevant la tête,
« Ils allaient secourir des humbles grands comme eux ? »

Et l'Océan répond : « Moi, tombe et sanctuaire,
« Moi qui les ai roulés dans le mouvant suaire
        « De ma vivante immensité,
« Je te le dis : « Ceux-là n'ont jamais vu la gloire
« Sourire, comme un phare au bout d'un promontoire :
        « Ils luttaient pour l'Humanité ! »

*
* *

J'ai remué le sol de cent lieux de bataille :
« Toi qui les vis frapper et d'estoc et de taille,
« Se jeter éperdus aux gueules des canons,
« O sol qui bus leur sang quand se brisa leur glaive,
« Dis : n'auraient-ils pas vu l'apothéose en rêve,
« Et l'avenir vengeur écrire au ciel leurs noms ? »

Mais l'Ange des combats, qui veille sur ces plaines,
M'a répondu : « Chanteur, leurs âmes étaient pleines,
          « Pour la mort, d'un hautain mépris :
« Quand ils se sont rués sur les flancs des armées,
« Ils n'ont vu, triomphant, au-delà des fumées,
          « Que le cher et libre pays ! »

*
* *

Dieu, Patrie et Bonté ! Telle fut leur devise
A tous ces Inconnus que rien n'immortalise :
Ils ont mis leur baiser sur des corps ulcéreux ;
Ils ont ouvert leur porte à tous les malheureux ;
Ils ont souffert la mort pour redonner la vie ;
Leur âme, à tout souffrir pour nous, s'est asservie.
Et nul dans l'Avenir ne chanterait pour eux !

Non, rien, rien parmi nous ne les immortalise ;
Mais le ciel s'ouvrira pour que chacun y lise
Les exploits et les noms de ces humbles de cœur,
Et, cachés dans le Temps où tout brille et s'efface,
Ils auront droit, là-haut, à la première place
Dans la gloire éternelle auprès du Dieu Vainqueur !

HYMNE A LA PAIX

———

A Jules Simon.

Nous passons dans la Vie, à travers les douleurs,
Et nul homme, jamais, sans angoisses et pleurs,
    N'alla du mystère au mystère !
Les larmes du passé prédisent l'Avenir ;
Rien n'est beau, rien n'est bon, de ce qui doit finir :
    Le bonheur vrai n'est pas sur Terre.

Tout tombe autour de nous ; tout s'écroule à jamais ;
Nos regards vont sans cesse aux éternels sommets
    Impassibles dans les airs mornes ;
Tandis que le sépulcre, entr'ouvert sous nos pas,
Engloutit les aimés que nous prend le trépas,
    Le soleil rit, aux cieux sans bornes,

On dirait que la Mort est le but éternel,
L'abime vaste et sombre où pas un arc-en-ciel
    Ne rompt la tristesse infinie !
Il semble que Dieu même, à nos cris déchirants,
Est sourd, comme disaient les martyrs aux tyrans ;
    Que la vie est une ironie !

Et si nos cœurs, brisés par le malheur fatal,
Savent entrevoir Dieu sur son haut piédestal,
    Les bras tendus à la souffrance,
Il n'en reste pas moins, dans le pauvre être humain,
La blessure d'hier et qui saigne demain...
    Jusqu'au jour de la délivrance.

Oh ! pourquoi faut-il donc, hommes, que votre orgueil.
Ajoute à tant de maux, et mette dans le deuil
    Des peuples ! des races entières ?
Vous en aviez donc soif de ces terribles pleurs,
Vous qui, nous conduisant à de nouveaux malheurs,
    Nous avez volé nos frontières ?

O Monde, lève-toi ! Lève-toi, fais trembler
Les puissants qui voudraient de leur force accabler
    Ce qu'ils appellent nos chimères.
Lève-toi ! Pour la Paix sois prêt aux grands combats...
Et frappe sans pitié les forts, les potentats,
    S'ils n'ont pitié des humbles mères !

Mes Frères, aimons-nous. La paix vient de l'amour.
Que le luth du trouvère au son du gai tambour
    S'unisse dans un chant de fête !
Mais ne trahissons point l'honneur de nos Aieux :
Marchons, les yeux levés vers le Maître des Cieux
    Et que sa volonté soit faite.

Terminé, Avril 1889.

En corrigeant les épreuves de ce livre, l'auteur pense qu'il a un devoir à remplir :

C'est de remercier tous ceux qui lui ont apporté la force de leur sympathie et l'ont ainsi mis à même de publier son œuvre.

On lui permettra, cependant, de distinguer entre tous M. René Godfroy, l'intelligent et loyal éditeur du Cri-Cri; c'est à lui que l'auteur reporte, à l'avance, les témoignages bienveillants qui pourraient accueillir les Poèmes Nationaux. Qu'on retienne son nom : il sera bientôt allié au succès d'œuvres plus dignes que la nôtre de son audacieuse et noble entreprise.

Nous le souhaitons vivement, sincèrement !

Léon-L. Berthaut.

TABLE DES POÈMES NATIONAUX

Imprimerie GODFROY, 62, Rue Thiers, Le Havre.